AF314458

Bibliothèque MÉRIDIONALE,

REVUES, ROMANS, CONTES, MÉMOIRES, VOYAGES, DRAMES,

à 2 f. 50 c. par mois,

et franc de port, 3 f.

LA LIVRAISON MENSUELLE DE 2 VOL. IN 8º,

ÉDITION DE LUXE,

ORNÉE DE DESSINS, GRAVURES, VIGNETTES.

BUT.

Exploiter et faire connaître sous tous les points de vue toutes nos contrées méridionales.

Publier toutes les années 24 volumes d'histoire, d'art, de sciences, d'industrie, écrits dans le midi de la France.

COLLABORATEURS.

(EXTRAIT DE LA LISTE GÉNÉRALE.)

(Marseille) M. Méry. — (Hyères) M. Alphonse-Denis, auteur de la promenade pittoresque et statistique dans le département du Var. — (Narbonne) M. Tournal fils, inspecteur des monumens historiques dans le département de l'Aude, — (Montpellier) M. Ribes, professeur à la faculté de médecine. — (Bordeaux) M. Charles Lemonnier, directeur de la Gironde. — (Nantes) M. le docteur Guépin. — (Paris) M. Jules Lecomte, directeur de la France maritime. — (Toulon) MM. Scipion Marin, Ricard, de Clinchamp, etc, etc.

DIRECTEUR-FONDATEUR,

M. ÉDOUARD DE PUYCOUSIN.

OUVRAGES PARUS.

JANVIER 1835.

PROSCENIUM,

par M. Édouard de Puycousin.

POÉSIES BLEUES,

par M. Louis Hyrier.

FÉVRIER.

TABLEAUX PITTORESQUES

DE L'HISTOIRE UNIVERSELLE,

depuis les premiers âges de la terre,

par M. Scipion Marin.

1re PARTIE.

CONTES HISTORIQUES,

par M. Joseph Chantard.

MARS.

TABLEAUX PITTORESQUES

DE L'HISTOIRE UNIVERSELLE,

depuis les premiers âges de la terre,

par M. Scipion Marin.

2e PARTIE.

REVUE DE PROVENCE,

PREMIÈRE LIVRAISON.

➴ 3 ⬱

OUVRAGES SOUS PRESSE.

LE LAZZARONE,

ROMAN NAPOLITAIN.

AU VENT DE LA BOUÉE,

ROMAN MARITIME.

MÉMOIRES, AVENTURES ET VOYAGES

DANS LES DEUX HÉMISPHÈRES,

par un officier supérieur de terre et de mer.

LES AVENTURES D'ULADISLAS,

ROI DE POLOGNE,

poëme portugais.

MÉMOIRES DU DIABLE,

4 VOL.

POÉSIES NOIRES,

1 VOL.

LA SUITE DES MILLE ET UNE NUITS,

CONTES ARABES.

SCÈNES DE PROVENCE,

2 VOL.

HISTOIRE NATURELLE

DE LA FRANCE MÉRIDIONALE.

Les 1500 premiers abonnés de la BIBLIOTHÈQUE MÉRIDIONALE jouiront du titre d'abonnés-fondateurs. Leurs noms seront inscrits sur la couverture des volumes de cette publication. Une médaille de bronze portant à l'exergue : BIBLIOTHÈQUE MÉRIDIONALE et au revers : ABONNÉ-FONDATEUR, leur sera envoyée dans le courant de la première année.

Tous les abonnés auront le droit de faire imprimer dans la BIBLIOTHÈQUE MÉRIDIONALE des ouvrages entiers, pourvu toutefois que ces ouvrages soient dignes de l'impression.

ON SOUSCRIT

A LA BIBLIOTHÈQUE MÉRIDIONALE :

A Paris, chez MM. Grimbert et Dorez, libraires, rue de Savoie n° 14,

A Toulon, chez Isnard, libraire-éditeur de cette publication,

Et chez tous les libraires et directeurs de postes,

Au prix de 2 f. 50 c. par mois pour Paris et Toulon, et *franc de port* pour les départemens, 3 f.

Toutes les lettres doivent être affranchies.

PROSCENIUM.

IMPRIMERIE DE CANQUOIN,
RUE DE L'ARSENAL, nº 13.

PROSCENIUM,

PAR

M. ÉDOUARD DE PUYCOUSIN.

PARIS,

BELIN-MANDAR, LIBRAIRE-ÉDITEUR

DU DICTIONNAIRE DE LA CONVERSATION ET DE LA LECTURE

rue St-André-des-Arts, n. 55.

TOULON, bureau central, rue de l'Arsenal n° 13.

JANVIER

1835.

AUX MÉRIDIONAUX !!!

A TOUTES LES ÉPOQUES,

ILS ONT FOURNI A LA FRANCE

DES SAVANS ILLUSTRES,

DES GUERRIERS INTRÉPIDES,

DES ORATEURS PUISSANS.

ILS ONT DONNÉ,

A LA RÉVOLUTION FRANÇAISE,

BARNAVE ET MIRABEAU;

A LA FRANCE DU MOYEN-AGE,

BAYARD;

AU SIÈCLE DE LOUIS XIV,

LE MARÉCHAL DE VILLARS,

MONTESQUIEU,

PASCAL, RÉAUMUR, VAUCANSON,

LE CHANCELIER DE L'HOPITAL;

A NAPOLÉON,

MASSÉNA, BESSIÈRES, ANDRÉOSSI,

MURAT, SOULT, MONCEY, NANSOUTY,

LANNES;

A L'ÉLOQUENCE SACRÉE,

MASSILLON, FLÉCHIER, MASCARON;

A LA PHILOSOPHIE DU 17ᵉ SIÈCLE,

BAYLE;

A LA JURISPRUDENCE DU 16ᵉ SIÈCLE,

CUJAS;

AU DIX-HUITIÈME SIÈCLE,

CONDILLAC;

A LA MARINE FRANÇAISE,

LE BAILLI DE SUFFREN,

LE CHEVALIER DE FORBIN,

LA PEYROUSE;

A LA SCULPTURE,

PUGET;

A LA BOTANIQUE,

LES JUSSIEU;

AUX SCIENCES MÉDICALES,

BICHAT;

A LA MUSIQUE,

DELLA MARIA;

A LA PEINTURE,

LES FRÈRES VANLOO;

VERNET, PHILIPPE TANNEUR;

A LA CHIMIE,

CHAPTAL;

AUX SCIENCES GRAMMATICALES,

DUMARSAIS;

A LA POÉSIE DU 17ᵉ SIÈCLE,

CLÉMENT MAROT;

AUX LETTRES,

FLORIAN, MABLY, Mᵐᵉ DE TENCIN,

RAYNAL, L'ABBÉ BARTHÉLEMY,

DELILLE, DUPATY, LEMONTEY, ETC.

A LA TRIBUNE LÉGISLATIVE,

MANUEL;

A LA SUÈDE,

UN ROI;

(BERNADOTTE.)

AUX SCIENCES MODERNES,

ARRAGO, BORY DE ST-VINCENT ;

A LA LITTÉRATURE ACTUELLE,

BARTHÉLEMY et MÉRY;

A LA CONVENTION NATIONALE,

BOISSY-D'ANGLAS ;

A LOUIS XVI,

UN DÉFENSEUR

(DE SÈZE) [1].

AUX MÉRIDIONAUX,

QUI ONT TOUJOURS SI BIEN FOURNI

DANS TOUTES LES CARRIÈRES,

LEUR CONTINGENT DE CÉLÉBRITÉS,

NOUS DÉDIONS

CETTE BIBLIOTHÈQUE.

[1] Dans l'énumération des beaux talens ou des beaux caractères du Midi, nous n'avons pas cru devoir oublier M. de Sèze; car, à quelque point de vue de parti que l'on se place, sa défense d'un roi malheureux est l'œuvre d'un noble caractère.

PRÉFACE.

Nous intitulons ce livre PROSCENIUM, parce qu'il est comme l'*avant-scène* de notre publication. C'est une introduction à notre Bibliothèque, une sorte de prologue où, comme l'acteur antique, nous venons exposer ce que nous ferons.

De telle manière, que la pensée de cette publication soit jugée, le directeur-fondateur en assume sur lui toute la responsabilité; bonne ou mauvaise, c'est son œuvre.

Il lui a semblé à lui, que la Province n'était plus qu'une monnaie effacée dont le type devait cependant revivre, qu'après l'action exercée par la grande capitale, par Paris, il devait nécessairement y avoir réaction, et que ce serait chose utile d'être le précurseur de cette réaction, d'en préparer et indiquer les voies.

Et il s'est mis à l'œuvre, cherchant à commencer, par des théories et par des faits, le mouvement d'indépendance littéraire de la province.

Pour commencer ce mouvement, le directeur de cette publication a cru devoir faire saillir le Midi à côté du Nord. —

Le Midi plus religieux, à côté du Nord plus sceptique; —

Le Midi plus passionné, à côté du Nord plus froid; —

Le Midi plus artiste, à côté du Nord plus raisonneur.

Au moment où Paris n'a plus, en littérature, d'idées bien arrêtées; où, sur toutes les questions, il hésite, il balance et ne se détermine à rien, il appartient peut-être au Midi de se jeter dans la mêlée, et de demander enfin un but à la littérature.

Maintenant, nous ne nous dissimulons pas qu'après s'être tenue pendant quelque temps dans les généralités, la Bibliothèque méridionale devra se créer une spécialité et prendre à tâche de révéler le Midi à lui-même.

Le directeur de cette publication fera en sorte que la Bibliothèque méridionale ne manque pas à cette mission.

LE DIRECTEUR-FONDATEUR
DE LA BIBLIOTHÈQUE MÉRIDIONALE,
ÉDOUARD DE PUYCOUSIN.

15 janvier 1835.

PROSCENIUM.

PREMIÈRE PARTIE.

INTRODUCTION.

PROSCENIUM.

PREMIÈRE PARTIE.

INTRODUCTION.

Nous osons entreprendre, dans la province, de mettre à exécution un projet qui, pour notre époque, est vraiment nouveau : celui de publier vingt-quatre volumes par an, écrits pour la province et par la province.

— Vous ne réussirez pas, nous disait-on.

— Voudra-t-on prêter quelque attention, en province, à des livres ne venant pas de Paris.....

— Quels matériaux aurez-vous pour votre publication ?

— Où trouverez-vous des œuvres et des collaborateurs ?

— Qui souscrira à votre entreprise ?

— Il y a plus que de la témérité à vous lancer dans tous les hazards d'une pareille publication.

Tel était le feu roulant de questions et d'interpellations de toutes sortes que nous adressaient, dès le début, nos amis les plus intimes.

Nous n'en avons pas moins continué à marcher et à organiser notre œuvre.

Nous paraissons enfin, et notre première livraison n'est pas encore sortie que notre entreprise n'est déjà plus une témérité. On nous a soutenus, appuyés, encouragés; sur de simples annonces, nous avons atteint aux trois quarts le nombr des cinq cents abonnés à qui nous voulions donner le titre de fondateurs, et dont nous commençons à publier les noms sur les couvertures de nos livres. Merci à eux! Ils nous ont prêté secours! Ils sont bien les fondateurs de notre entreprise.

Maintenant, que sera notre publication?

Commençons par établir la grande dif-
férence qui doit la séparer des publications
actuelles.

Nous ne venons pas faire des volumes

qui ne signifient rien ; des volumes que l'on lit aujourd'hui et que l'on rejette demain, parce qu'on n'y a ni rien oublié, ni rien appris. Notre but est d'écrire constamment en vue de quelque chose.

Si nous traitons le *conte historique*, par exemple, ce n'est nullement pour faire avec de l'histoire plus ou moins de phrases, plus ou moins de drames ; c'est uniquement pour avoir occasion de faire passer sous les yeux de nos lecteurs de grands tableaux, de grandes scènes historiques.

On se plaint, et avec raison, qu'il y a dans la littérature actuelle, un dévergondage d'idées qui n'était jamais allé aussi loin. La littérature, en effet, ne sait plus en ce moment quelle route tenir. Elle a tout à fait perdu voie. Sa marche n'est plus, comme aux époques d'ordre des nations, une marche calme et mesurés, sentie et réfléchie. C'est une grande course au clocher, à travers champs et moissons, à travers ravins, sentiers, halliers; à travers torrens, fossés, barrières et fondrières.

On la dirait emportée sans relâche sur le cheval fantastique de Lénore, et voyant fuir les villes comme des ombres devant elle, sans cesse poursuivie par cet éternel refrain : *Les morts vont vite*.

Où va-t-elle donc ainsi?

Nul ne le sait, pas même elle.

C'est qu'elle a beaucoup d'idées et pas une idée. C'est qu'elle ne sait à quel système se rattacher, à quelle croyance croire; et que ne sachant plus où elle en était, elle a piqué des deux dans les flancs de ses idées, et les a lancées ventre à terre à travers l'échevelé, le monstrueux, le bizarre, l'horrible; écumant et les fesant écumer sous elle, jusqu'à ce qu'elle les ait crevées et qu'elle se soit crevée.

Nous avons pensé qu'au milieu du tourbillon soulevé par une littérature ainsi effarée, et ne sachant plus où elle va, une publication régulière, composée de volumes paraissant à des époques déterminées, enchaînés et liés les uns aux autres, et tous ensemble formant un seul corps; écrits par une phalange serrée d'écrivains s'avançant avec ordre et discipline vers un même but, — un but d'utilité et non plus de *démoralisation*, — nous avons pensé, dis-je, qu'une telle publication ne serait pas vue sans intérêt par les hommes qui s'affligent avec raison du

désordre moral dans lequel se trouve ac-
tuellement notre société, et par ceux qui,
pris de lassitude pour les productions,
toutes manquant de but, qu'on leur envoie, abandonnent peu à peu les cabinets, et finissent par ne plus s'occuper
de littérature.

Nous avons pensé aussi qu'une forme
le plus souvent paisible, sans horreurs
inventées à plaisir pour faire frissonner
le lecteur, substituée aux émotions galva-
niques des ouvrages du jour, pourrait
reposer beaucoup de gens de toutes les
abstractions monstrueusement imaginées,
dont dans ces derniers temps on a été si
prodigue.

— Prêtera-t-on quelque attention dans
la province, à des livres ne venant pas
de Paris?

— Nous nous dessinons, je suppose,
assez nettement, pour qu'on nous prête

attention. Nous avons, d'ailleurs, de for-
tes raisons de croire qu'on commence à
être, en province, fatigué de la littérature
du jour. Consultez plutôt les libraires in-
telligens et les abonnés des cabinets de
lecture. Tous vous les verrez se plaindre
qu'il ne paraisse *plus rien de bon*, ce qui
dans leur bouche signifie qu'on ne leur
envoie plus que des livres inutiles. C'est
qu'en province on a du sens. On croit que
l'art doit remplir une mission, avoir un
but; que ce ne doit pas être un amuse-
ment d'enfant, un joujou de poche; mais
un instrument de civilisation, servant à
l'amélioration de quelque chose........ Et
l'on s'aperçoit que la littérature actuelle
telle qu'on nous l'a faite, fait bande à
part avec la civilisation et n'améliore rien.

— Pourquoi, au surplus, ne nous prête-rait-on pas attention, à cause que nous ne lançons pas nos livres de Paris ?

— Parce que nos volumes n'auront pas été tirés à une presse parisienne ?......

Mais Paris a-t-il seul le monopole d'imprimer, et lui a-t-on délivré à tout jamais un brevet d'infaillibilité littéraire ?

Quelque concile de la science a-t-il déclaré la province incapable à telle époque que ce fût, de rien produire qui fût bon !

Mais, jusqu'à une époque qui n'est pas encore bien éloignée, la province a fait ses preuves.

Qu'on se rappelle la multitude infinie d'ouvrages qui firent sensation à leur époque, imprimés et faits par la province, à partir des seizième et dix-septième siècles , jusqu'au début du dix-neuvième.

Alors, Aix imprimait les CAUSES CÉLÈ-
BRES, et les Causes célèbres avaient, en
France et en Europe, un retentissement
dont le souvenir dure encore aujourd'hui.

Lyon , Bordeaux, Marseille , Toulouse,
mettaient au jour des ouvrages de jurisprudence, de médecine, d'histoire, de
grammaire, de sciences naturelles.

Chaque province, chaque ville comptait
dans les lettres ses illustrations.

La Provence avait Papon, Darluc, Gau-
fredy, les deux Bouche, etc. etc.

Toutes les capitales rivalisaient entre
elles de savoir, d'études, d'érudition;
l'industrie de l'imprimerie y était floris-
sante, et un peu avant la grande révolution (c'est de celle de 93 que je veux

parler), il se publiait annuellement, à Avignon, trois fois plus de livres nouveaux qu'il ne s'en publiait à Paris.

Alors un livre, parce qu'il était publié en province, n'en était pas nécessairement mauvais pour cela.

Pourquoi n'en serait-il pas de même aujourd'hui?

— Mais pour alimenter votre publication, les matériaux vous manqueront.

Quand et comment?.....

— En fait de matériaux, tout n'est-il
pas à qui veut le prendre?

Avec le but que nous nous sommes assignés, but qui ouvre devant nous toute une littérature nouvelle de choses neuves ayant chacune un sens nouveau, nous ne nous circonscrirons certes pas dans le Midi et on nous en verra souvent sortir. Mais en supposant que nous nous y enfermassions, n'y a-t-il pas là d'abondantes mines à exploiter, de riches filons à faire sortir de dessous terre! N'est-ce donc rien que son passé, et n'y a-t-il aucune étude à faire sur son présent?

Et son histoire de dix-huit siècles; — sa civilisation romaine, alors que le nord des Gaules était encore enseveli sous des forêts vieilles comme la création; ses cirques, ses temples, ses aqueducs, monumens d'art jetés de toutes parts sur son sol, alors que Lutèce élevait à peine quelques grossières constructions au-dessus de ses marais insalubres; — et son moyen-âge, ses invasions sarrasines, et ses châteaux forts; ses plages prises, reprises et disputées avec tant d'acharnement, où si souvent l'épée taillée en croix heurta le cimeterre recourbé en croissant; — et ses rois d'Aix, ses comtes de Provence, ses seigneurs du Languedoc, ses papes d'Avignon, — ses traditions, ses croyances, — tout son passé enfin.....

Et son présent, —

Sa vie d'aujourd'hui, ses idées d'aujourd'hui, ses habitudes d'aujourd'hui, — ses villes et ses arsenaux, — ses matelots, ses ports de mers, ses navigations, — les drames vivans de ses bagnes. —

Et ses Alpes, ses Pyrénées, son agri-
culture, sa géologie, sa Flore méditerranéenne.....

Tout cela n'est-il donc rien?

Et lorsque tout cela sera épuisé, ou
bien lorsque cela nous plaira, ne pour-
rons-nous pas, franchissant tout-à-coup le
seuil de la Méditerranée, aller en interro-
ger tour-à-tour les côtes, les archipels,
y aborder l'Orient, l'Italie, l'Espagne,
toutes terres aux portes desquelles nous
sommes, et avec lesquelles la Méditerranée est notre lien?....

Je l'ai dit ailleurs, en parlant du Midi [1]:

[1] Voir l'ouvrage intitulé : *Littérature méridionale*, — *Manifeste*. — *Poésies maritimes, par M.
Edouard de Puycousin*. Toulon. Isnard, éditeur, rue
de l'Arsenal, n° 13. — Prix : 5 fr.

« L'Orient et l'Afrique sont en face de
« lui, qui ne demandent qu'à lui ouvrir
« tous les flots de leur poésie d'or, toutes
« les féeries de leur imagination éblouis-
« sante; la molle et langoureuse Italie, la
« chaude, l'ardente Espagne sont là qui
« l'attendent avec leurs amours fougueux
« ou voluptueux, leurs souvenirs arabes
« et leurs pompes du Vatican, leurs cour-
« tisannes folles, leurs combats de taureaux,
« leurs danses castillanes et sévilloises;
« leur opulence passée si magnifique en-
« core dans ses débris; leurs villes de
« marbre et leurs villas de feuilles vertes
« et d'eaux; leurs jardins d'orangers et
« de citronniers, leurs sérénades de nuit,
« leurs débauches de jour, leurs soupirs
« de mandolines et leurs bruits de casta-
« gnettes.

« Placée entre Grenade et Constantino-
« ple, s'inspirant d'un côté aux flots bleus
« du Bosphore, de l'autre aux ogives de
« l'Allambrah ; pouvant rêver aujourd'hui
« sur les sauvages escarpemens et sous les
« grands arbres des forêts vierges de la
« Corse, demain, au milieu des brises par-
« fumées des sycomores et des palmiers
« d'Alger, au milieu de tout le bruisse-
« ment de la civilisation d'Occident qui
« prend racine dans cette colonie nais-
« sante, ayant en face de lui l'Égypte,
« hiéroglyphe vivant du passé, où chaque
« débris de monument est un débris de
« cent coudées, le MIDI — le MIDI touche
« à toutes les sources d'art, de science,
« de poésie.

« Il est incessamment alimenté à deux

« inépuisables foyers de SENTIMENT et de
« vie : UN BEAU CIEL ; — UNE BELLE MER. »

Les inspirations extérieures ne nous
manqueront donc pas, et nous aurons
des matériaux plus que nous n'en vou-
drons. Dans notre propre sol, nous en trou-
verons de neufs et d'inexploités, en assez
grande abondance pour nous défrayer pendant long-temps. Puis, lors que cela nous
plaira, nous ferons un pas hors de chez
nous, et nous agrandirons notre horizon
de l'horizon de deux mondes.

Or, qu'on nous dise maintenant si
ayant tant de diamans à polir, tant de
matériaux à mettre en œuvre, avec nos
idées sur l'art, notre application de l'art
à l'*utile*, nous ne sommes pas en position
de soutenir tout l'édifice de notre publication.

Nous donnons les noms de nos premiers collaborateurs et nous pouvons
déjà annoncer un programme d'œuvres,
qui nous l'espérons ne sera pas un programme de juillet.

Aux noms de ces collaborateurs, nous invitons tous les écrivains du Midi à joindre les leurs ; car, nous voulons en compter comme une longue traînée dans tout le Midi ; nous voulons former autour de Paris une grande ronde.

Quant aux personnes dont les noms continueront à couvrir nos listes de souscriptions, nous comptons d'abord sur ceux des Méridionaux qui voudront soutenir l'œuvre de l'affranchissement de l'art dans le Midi, prêter la main à ce que nous nous posions dans notre liberté ; nous aider à fonder une noble indépendance méridionale, — puis sur tous ceux qui comprennent et ont compris qu'il est temps que l'époque, à moins d'abjurer sa mission, entre dans de nouvelles voies littéraires, dans des voies *utiles* et sociales.

Le siècle a inscrit sur toutes ses bannières le mot *progrès*, et l'humanité commence à s'orienter vers des destins meilleurs, à l'aide de cette nouvelle boussole. Or, il n'y a plus de progrès pour l'art littéraire aujourd'hui que dans une littérature *sociale*.

Si dans nos débuts nous n'y sommes pas encore, nous y marcherons.

DEUXIÈME PARTIE.

PROGRAMME.

DEUXIÈME PARTIE.

PROGRAMME.

Nous avons dit quel sens nous nous proposons de donner à notre publication, ce que nous pouvons et ce que nous comptons faire.

Traçons maintenant le programme de

ce qu'en commençant il nous est possible de réaliser.

Au début de notre publication , nous avons en portefeuille les œuvres suivantes:

Contes historiques — Contes maritimes. — Contes philosophiques.

Tableaux de l'Histoire universelle depuis les premiers ages de la Terre. — Tableau des mœurs et des idées de l'Empire Romain , depuis le commencement du deuxième siècle , jusqu'a la chute de l'Empire d'Occident.

Le Lazzarone , roman napolitain. — Au vent de la bouée , roman maritime.

La suite des Mille et une nuit , contes arabes. — Les aventures d'Uladislas , roi de Pologne , poëme portugais [1].

[1] Cet ouvrage est celui que, dans nos prospectus,

Histoire de Toulon, depuis Galba jusqu'à nos jours. — Histoire d'Alger. —
Histoire de Marseille.

Poésies noires. — Poésies du Midi.

Mémoires, souvenirs, aventures et
voyages dans les deux hémisphères. —
Mémoires du Diable.

Nous allons donner une idée de ce
que seront ces ouvrages.

nous avions désigné sous le nom de *Télémaque portugais*.

Le conte est entré comme élément dans notre littérature. Sous la forme de scènes, nouvelles, il s'y est impatronisé, y a pris droit de bourgeoisie. Nous avons donc cru devoir nous emparer de cette forme et lui donner une destination utile. C'est pourquoi nous l'avons appliquée au récit des faits historiques des nations, nous l'avons destinée à faire saillir, à populariser l'histoire de nos provinces.

Conte, pour nous, signifie *chose contée*. Il ne signifie pas du tout *récit de choses non véritables*.

Ce sera donc, dans les contes historiques, de l'histoire que nous donnerons, mais de l'histoire sans prédantisme et sans ennui, de l'histoire du coin du feu, de l'histoire qu'on lit en robe de chambre du matin, et les pieds dans ses pantoufles.

Nous ouvrirons ainsi une nouvelle chaire historique où l'on pourra juger sans peine et sans efforts du drame qu'ont joué, dans la vie du monde, les provinces et les nations dont nous chercherons à populariser l'histoire.

S'il est utile de chercher à populariser
l'histoire, il ne l'est pas moins de chercher à populariser la marine, — la marine, cette deuxième puissance des états,

qui donna un jour les Amériques à l'Espagne, qui a livré les Indes à l'Angleterre,
et fait de cette dernière une nation que
l'on craint et l'on respecte partout où
peuvent pénétrer des flottes et des vaisseaux.

Placés dans un port de mer, nous
ne manquerons pas à cettte mission. Nous
ferons de la marine scientifique et de la
marine historique, sans oublier les récits
de matelots, ces excellentes études de
mœurs. Ici, seront contées des expéditions
maritimes; là, des souvenirs de marins
illustres. Plus loin, nous aborderons des
détails de manœuvres, des combats écrits
et décrits par des officiers de marine y
ayant pris part. Puis viendront les véritables contes, les contes de bord, contes
aussi insoucieux et rians sur les rives de

notre Méditerranée, qu'ils sont âpres et sombres sur les côtes de l'Océan, contes presque orientaux, ayant ordinairement pour théâtre l'Italie ou le Levant, pour sujet, tantôt un matelot enfermé dans un harem, tantôt une cargaison de juifs salés mangés à bord d'un navire de commerce, — contes toujours fous, toujours accompagnés d'accidens plaisans, toujours assaisonnés de grosse gaîté provençale.

Nos contes philosophiques seront ordinairement consacrés au développement d'une idée sociale; aux révélateurs : — Moïse, Jésus-Christ, Mahomet; — aux hommes qui ont régénéré les sociétés par le glaive : — Alexandre, César, Napoléon; — aux types que nous ont laissés les observateurs de la nature humaine : — Tartufe, don Juan, Othello.

Ces contes seront surtout philosophiques, en ce sens, qu'ils ne seront pas
athées, et qu'ils ne seront pas écrits en
vue de nier Dieu comme les contes philosophiques du dernier siècle.

TABLEAUX PITTORESQUES DE L'HISTOIRE
UNIVERSELLE, DEPUIS LES PREMIERS AGES
DE LA TERRE, par M. SCIPION MARIN.

Après les contes, viendra l'histoire;
après les œuvres d'imagination, les œuvres

de scinece; après les choses plus légèrement traitées, les choses plus graves, les études sévères, les travaux faits de conscience et péniblement. Comme introduction à ces œuvres, M. Scipion Marin [1] nous donnera ses tableaux de l'histoire universelle, livre de longues et laborieuses recherches, dans le résumé duquel nous laissons parler l'auteur.

« TABLEAUX PITTORESQUES DE L'HISTOIRE
« UNIVERSELLE DEPUIS LES PREMIERS AGES DE
« LA TERRE. — PREMIÈRE PARTIE; TEMPS
« GÉOLOGIQUES OU ANTÉ-DILUVIENS. — PRE-
« MIER TABLEAU : LES SOLITUDES.

[1] Auteur du DÉPUTÉ, roman de mœurs; des MÉMOIRES DE CHRISTINE, REINE DE SUÈDE; des MÉMOIRES DE MADAME DE POMPADOUR; de l'HISTOIRE DE LA VIE ET DES OUVRAGES DE M. DE CHATEAUBRIAND, etc.

« Dans cette première période géologi-
« que, les mers, plus élevées que de nos
« jours, dessinent une géographie toute
« différente, géographie dont M. Bory de
« St-Vincent doit publier les cartes. La
« terre, alors inhabitée, est couverte d'une
« vigoureuse végétation, d'arbres gigantes-
« ques, par la raison que le carbone, mêlé
« à l'air, dans une proportion de cinq,
« de six, de huit pour cent, ne permet
« pas l'existence du règne animal ; mais
« favorise beaucoup, au contraire, le règne
« végétal. Aussi les îles, les continens de
« cette primitive époque sont-ils indiqués
« aux géognostes, par les gisemens de
« houille. Les recherches de Greenough,
« en Angleterre ; de Férussac, Cuvier, Ra-
« mond, en France ; de Humboldt, au Pé-

« rou et dans les monts Ourals de Russie;
« celles d'Escher, Mohs, en Suisse; de
« Frecesleben, Voigh, Hoff, en Franco-
« nie, en Thuringe; de Werner et de son
« école, dans toute l'Allemagne, ont pré-
« cisé la délinéation de cette mappemonde
« primitive.

« Quant au tableau descriptif de cette
« vieille époque, ce qui nous a particu-
« lièrement aidé à le peindre, c'est la Flore
« fossile de M. Brongniart, qui a soumis
« les débris pétrifiés des végétaux de la
« première couche, à cette analyse savante
« de M. Cuvier, pour les débris animaux
« des périodes suivantes.

« Avec des indications aussi authentiques,
« la Gaule apparaît, dans notre premier
« tableau, avec ses hauts palmiers que

« l'on trouve encore dans les carrières de
« Montmartre, avec ses fougères géantes
« qui fouettaient les nuages, avec les tem-
« pêtes de son air lourd, épais; et ces
« scènes solitaires sont éclairées par les
« volcans de l'Auvergne et de la chaîne
« pyrénaïque qui dressent leurs panaches
« de feu, jusqu'à ce qu'un cataclysme igné
« vienne terminer cette première période.

« Deuxième tableau :— les Sauriens.

« Cette ignition a beaucoup épuré l'ath-
« mosphère. Une grande quantité de ce
« carbone, jadis répandu dans l'air qu'il
« rendait inrespirable, est enfoui dans les
« couches de charbon de terre.

« La vie animale débute sur le globe,
« mais sous les formes de ces reptiles aux-
« quels l'air le plus mauvais peut conve-

« nir, et dont quelques espèces congéné-
« res vivent encore, avec de moindres
« proportions, il est vrai, dans les fanges
« de l'Orénoque, du Nil, du Gange, rep-
« tiles à sang froid, dont la respiration est
« presque nulle.

« Le docte Cuvier a étudié leurs sque-
« lettes monstrueux dans les profondeurs
« de la terre : c'est l'ychtyosaurus, c'est
« le plésiosaurus, hydre de cinquante pieds
« de longueur, qui se plaisait dans les eaux
« douces de la France anté-diluvienne ; c'est
« le masasaurus, dont les os, analysés par
« Conybeare, Buckland, Sommœrings,
« nous figurent les débris d'une carcasse
« de frégate. Parmi d'autres monstres, on
« remarque le ptérodactyle, à qui la ca-
« pacité de ses membranes permettait de

« s'élever dans les airs comme nos ves-
« pertillons. Le règne végétal est moins
« géant. Les mers se sont abaissées. La
« Gaule n'est plus un archipel.

« Tableau de la géographie d'alors,
« animaux et végétaux ; amours des hy-
« dres ; scènes de leurs habitudes, déduites
« d'après leurs conformations ; volcans qui
« brûlaient encore. Conversion lente de
« l'axe du globe jusqu'à l'épanchement des
« mers sur les continens. Description de ce
« déluge qui termine la seconde période.

« Troisième tableau ; — les Paléothériums.

« Apparition des mammifères à sang
« chaud sur la terre. Les règnes végétal et
« animal réduits à de moindres propor-
« tions. L'air est plus pur, plus limpide.

4

« Les pachydermes vivent dans les Gaules.

  « Peinture de la terre à cette troisième
« époque. Les Pyrénées, le Puy-de-Dôme
« ne jettent plus des flammes. Dans les
« bois et les lacs vivent les anthra-
« cothériums, les palœothériums, le
« xiphodon à l'élégant corsage, le dicho-
« bune, espèce de gazelle amphibie. Scènes
« de ces temps fermées par un nouvel épan-
« chement des mers sur les terres, à la
« suite d'une conversion multiséculaire de
« l'axe du monde sur lui-même.

« QUATRIÈME TABLEAU; — LES MASTODONTES.

  « La vie, après la retraite des eaux,
« reprend de nouvelles formes. Apparition
« d'animaux dont quelques espèces ont
« vécu dans la période suivante, la période
« historique. Pourquoi les races furent plus

« grandes dans cette époque que dans la
« précédente? Migrations.

« Le rhinocéros bicorne, l'hippopotame
« vivent aux bords du Rhin, du Rhône,
« du Volga; les éléphans, les mammouths,
« hauts de 18 pieds, d'autres espèces de
« mastodontes peuplent nos paysages, que
« la Flore fossile de M. Brongniart nous
« aide à dépeindre. Nouvelle révolution du
« globe; c'est le déluge dont nous parlent
« les védas des Hindous, les kings des
« Chinois, le zend-avesta, la genèse. L'es-
« pèce humaine existait-elle déjà dans l'ex-
« trême Orient?

« CINQUIÈME TABLEAU; — L'HOMME.

« Configuration des continens à l'ouver-
« ture de la cinquième période. L'homme
« peuple la terre d'Orient en Occident;

« de là ces débris de samskrit dans toutes
« les langues du monde, même dans celles
« du Nord. L'Égypte, la Chaldée reçoivent
« des colonies; d'autres tournent la mer
« Noire et descendent sur l'Europe méri-
« dionale. Quelques lueurs de civilisation
« commencent à poindre à Babylone et à
« Thèbes d'Égypte.

« SECONDE PARTIE; TEMPS HISTORIQUES.
« — SIXIÈME TABLEAU. — LE PHARAON A-
« MENOPH, OU LE PASSAGE DE LA MER ROUGE;
« CHRONIQUE ÉGYPTIENNE. — L'an 1410 avant
« J. C.

« Nous avons composé ce tableau his-
« torique des mœurs, de l'ordre social,
« des institutions politiques, religieuses et
« militaires de la vieille Égypte, avec des
« matériaux de l'authenticité desquels il
« est impossible de douter. Ils datent du

« quinzième siècle avant l'ère chrétienne.

« L'exode où Moïse a raconté ce qu'il a
« fait et dit ; les nombreuses inscriptions
« hiéroglyphiques, expliquées par Mon-
« sieur Champollion sur les murs de Kar-
« nak, du Rammesséion, de l'Aménophion
« de Thèbes ; telles sont les sources où
« nous avons puisé. Nous ne prêtons pas
« une seule parole à A-Ménoph, à Moïse,
« à Thermutis, qui ne soit vraie, tirée
« des légendes hiératiques ou de l'exode.
« Les noms des officiers mêmes, des ser-
« viteurs, des fonctionnaires de Pharaon
« sont pris dans les hiéroglyphes.

« Description de Na-Ammon (Thèbes) ;
« A-Ménoph avec ses castes sacerdotales
« et militaires va faire au dieu Phré,
« esprit du soleil, la dédicace de son co-

« losse, de ce colosse appelé Memnon
« par les Grecs, qui rendait un murmure
« mélodieux au lever du soleil.

« Thermutis, sœur de Pharaon, recon-
« naît parmi les hiérophantes de Na-Am-
« mon, son protégé, Moïse, qu'elle a
« fait élever dans les sciences sacrées après
« l'avoir sauvé des eaux. Elle l'emmene
« à Moph (Memphis) où se rend le Pha-
« raon. Description de Memphis d'après
« Hérodote qui l'avait vue, et Manéthon,
« prêtre égyptien du temps de Ptolémée-
« Philadelphe; Moïse s'attriste de la con-
« dition des Hébreux; il tue un Egyptien
« qui frappait un Israélite, s'enfuit dans
« le désert de Madian, où, en présence
« du mont Sinaï, en gardant les trou-
« peaux de Jéthro, il médite pendant

« vingt ans la constitution politique des
« Hébreux.

« Il revient en Egypte, il se résout à
« soustraire par la fuite les siens au joug
« de Pharaon, et à les mener en Chanaam
« après les avoir constitués en nation
« militaire dans le désert.

« Pharaon se met à leur poursuite.
« Description de sa milice ; mœurs mili-
« taires, armes, marches, campemens.
« Moïse passe à sec la mer Rouge. L'ar-
« mée égyptienne croit pouvoir la franchir;
« la mer monte et l'engloutit.

« SEPTIÈME TABLEAU. — SHEM-RAMI
« (Sémiramis), CHRONIQUE ASSYRIENNE. —
« L'an 1201 avant J. C.

« A l'exception d'un fragment d'Arta-

« panus, prêtre babylonien, nous ne pos-
« sédons rien d'écrit de ce temps-là ; mais
« à defaut nous avons consulté Ctésias,
« médecin grec de Cyrus, qui a écrit sur
« les Assyriens quelques pages conservées
« par Diodore de Sicile, et Moïse de Cho-
« rène, très savant Arménien, auteur d'une
« histoire de son pays ; nous avons en-
« core consulté Bérose, auteur des *Anti-*
« *quités chaldaïques*. Mais une autre source
« de renseignemens nous était ouverte
« dans la littérature des Persans modernes;
« Ferdousi, auteur du shah-nameh, ou
« histoire royale, Mirkond, Masoudi et
« autres ont complété nos recherches.

« Description de Nin-Nevet (Ninive);
« appareil de guerre au retour de l'expé-
« dition de Bactre. Ninus a épousé une

« de ses odalisques, celle à qui il doit la
» prise de cette forte ville, et à qui il a
» donné le nom de Shem-Rami (drapeau
» élevé), parce que, la première, elle a
» arboré l'étendard assyrien sur les murail-
» les; fait raconté par Ctésias et Moïse de
» Chorène.

« Arrivent les cinq jours complémen-
» taires de l'année chaldéenne. Sémiramis
» prodiguant ses caresses à son époux, lui
» demande de régner ces cinq jours-là, et
» Ninus, en riant, le lui accorde; ce qui
» est attesté par Athénée.

« Grand festin. Mœurs assyriennes. Sé-
» miramis entre toute rayonnante de pa-
» rure. Ninus ordonne à ses satrapes d'obéir
» à la reine, et lui remet le sceau royal.

« La nuit suivante, Sémiramis fait mou-

« rir Ninus, change les gouverneurs, place
« ses créatures. Autre festin où sont con-
« voqués tous les grands de Ninive ; elle
« leur distribue des dignités ; et, ayant reçu
« leur serment, la porte du fond s'ouvre.
« Ninus apparaît étendu sur son catafal-
« que ; les trompettes sonnent, et Sémi-
« ramis est proclamée à jamais reine des
« Assyriens.

« HUITIÈME TABLEAU. — IPHIGÉNIE EN
« AULIDE, CHRONIQUE GRECQUE. — L'an
« 1080 avant J. C.

« A cette époque, les Pélasges commen-
« cent à percer comme nation ; leur ex-
« pédition en Asie les rend même illustres
« par le monde.

« Cette chronique, supposée contem-

« poraine, devait être purgée des fables
« survenues depuis, et avoir la simplicité
« homérique.

« Les Grecs, retenus en Aulide, ont
« élu un chef; mais, alors comme aujour-
« d'hui, comme toujours, il y a dissidence.
« La minorité est opposée à Agamemnon,
« mais elle compte dans ses rangs Calchas,
« dont l'influence est grande sur l'esprit
« de l'armée, en qualité de pontife.

« Pour forcer Agamemnon à se démet-
« tre du commandement, ou le rendre
« odieux à l'armée, s'il n'obéit pas aux
« dieux, Calchas répand le bruit que Diane,
« divinité locale, demande le sang d'Iphi-
« génie qui vient d'arriver au camp avec
« sa mère. Sans cela point de vent pour
« aller en Troade. Les soldats fanatisés ré-

« clament la victime. Grande douleur d'A-
« gamemnon qui voit la ruse de Calchas;
« il cherche à composer avec l'opposition.
« Les mécontens posent les bases du traité.
« Agamemnon les accepte. Alors on mène
« Iphigénie à l'autel; et là, à l'aide d'un
« subterfuge, Calchas persuade à l'armée
« que Diane a enlevé Iphigénie, et mis
« une biche à sa place. La biche est
« immolée, l'armée émerveillée, et au pre-
« mier vent on met à la voile.

« NEUVIÈME TABLEAU. — DAVID ET BETHSABÉE,
« CHRONIQUE JUIVE. — L'an 1042 avant J. C.

« Les Hébreux, sous David, atteignirent
« à leur apogée; leurs conquêtes s'éten-
« daient jusqu'à l'Euphrate; les arts avaient
« même fait des progrès chez eux. Nous

« avons choisi l'épisode de Bethsabée,
« parce qu'il offrait un cadre naturel à
« tous les détails domestiques et militai-
« res que nous avons recueillis dans les
« livres juifs.

« David voit Bethsabée du haut de sa
« terrasse ; il en est épris, il a une en-
« trevue avec elle. Langage de l'amour
« oriental. Rendez-vous au jardin du roi,
« par de là la fontaine de Siloë. Peinture
« des usages agricoles et domestiques.
« Grossesse de Bethsabée. David envoie à
« Joab l'ordre de faire périr Urie dans une
« bataille. Camp des Hébreux, description
« du siége de Rabbath, machines de guerre,
« attaque, combat ; mort d'Urie. David
« épouse sa veuve. Le prophète Nathan
« adresse des réprimandes au roi ; ven-

« geance de Dieu contre la maison de
« David.

« DIXIÈME TABLEAU. — ATOSSA, OU L'ÈRE
« DE NABONASSAR, CHRONIQUE CHALDÉENNE.
« — L'an 747 avant J. C.

« Nous avions pour peindre la vie de Ba-
« bylone ce que Flavien Josèphe nous a con-
« servé de Bérose, prêtre babylonien. Eusèbe
« nous a transcrit aussi un passage de Me-
« gasthènes, grec qui vécut à Babylone.
« Jérémie, Isaïe, Daniel sont pleins de dé-
« tails de mœurs, quoiqu'on ait prétendu
« que le livre de ce dernier est apocryphe et
« date du second siècle de notre ère.

« Le peuple sort en foule de la magnifique
« Babylone. La caste sacerdotale des Kads-
« haïm (Chaldéens), s'avance le long de
« l'Arma-Kalé ou *canal royal*, au devant

« d'Atossa, fille de Tiglid-Phal-Asar, roi de
« Ninive et de Babylone, laquelle vient sur
« un éléphant richement caparaçonné faire
« ses dévotions au dieu Bélus.

« Description de Babylone d'après Héro-
« dote, Ctésias et M. Beauchamp qui a der-
« nièrement exploré ses ruines. Atossa ve-
« nue pour se consacrer au dieu Bélus,
« monte à l'étage le plus élevé de la tour où
« le Dieu doit la visiter pendant la nuit.

« Un jeune prêtre est désigné par les
« Kadshaïm pour jouer le rôle de Bélus.
« Atossa s'éprend de lui ; et comme les Ba-
« byloniens sont fatigués du joug de Tiglid-
« Phal-Asar qui, suivant le système politi-
« que d'alors, transporte en Babylonie les
« tribus vaincues de Syrie, et les y remplace
« par des familles babyloniennes, le jeune

« prêtre se déclare roi avec son amante. Le
« roi de Ninive marche contre lui, mais il
« est vaincu, et dès ce moment Babylone
« est séparée de Ninive.

« Le jeune monarque prend en commé-
« moration de sa victoire, le nom de Nabon-
« Asar, c'est-à-dire le *prêtre victorieux*; il
« fait compter les années à partir de son
« règne, comme l'indique le canon astrono-
« mique de Ptolémée.

« ONZIÈME TABLEAU. — MARIUS, OU LA DÉ-
« FAITE DES CIMBRES, CHRONIQUE ROMAINE.
« — L'an 101 avant J. C.

« Pour la première fois, à cette époque
« les peuples hyperboréens qui figurent
« tant dans l'histoire, apparaissent dans le
« Midi. Marius est en Gaule en présence des

« Barbares. Sertorius déguisé en Gaulois,
« pénètre dans leur camp. Description de ce
« camp, jeux, fêtes, cérémonies des Cim-
« bres. Sertorius est admis comme envoyé
« de Stilicon, roi des Tectosages, devant
« Boïo-Rick; il demande l'alliance des Cim-
« bres pour son roi; elle lui est accordée.

« De retour dans les retranchemens des
« Romains, Sertorius rend compte à Marius
« de sa mission. Marius ne veut pas encore
« attaquer. Les Cimbres défilent devant son
« camp retranché. Marche de cette armée.
« Il la suit, l'attaque auprès d'Aqua-Sextius
« (Aix en Provence). Manière de combattre
« des Cimbres et des Teutons. Détails stra-
« tégiques sur les Romains. Victoire de Ma-
« rius; trophée élevé.

« Douzième tableau. — Naréga le Dobhya-
« nide, chronique arabe. — L'an 27 avant
« J. C.

« Indépendamment des races du Nord
« qui vont remplir les siècles suivans, il y
« avait un peuple qui ne devait pas moins
« dominer dans l'histoire moderne; c'était
« les Arabes. Il fallait les voir dans leur ber-
« ceau, dans la péninsule arabique, avant
« que Mahomet vint faire leur explosion par
« toute la terre.

« Ces tribus nomades et guerrières qui
« avaient vu passer Sésostris, Alexandre,
« sans être conquises; qui dans leurs soli-
« tudes avaient échappé à la convoitise ro-
« maine, s'occupaient de poésie, de haras,
« de généalogies. Firouzabadi, Mottesnabi,

« Amralkeïsi couronné au concours d'Ou-
« adh, enfin le poëte Nabéga, principal
« personnage de cette chronique, nous don-
« nent des détails sur la vie domestique,
« politique et guerrière des Arabes avant
« l'hégire. Nous avons rapproché tous ces
« coups de pinceau distinctifs éparpillés
« dans leurs moals, leurs cassides, leurs
« ghaséles, pour en faire un tableau
« complet.

« Au concours de vers de la foire d'Ou-
« adh, Nabéga n'ayant pas adjugé le prix
« au poëte Hassan-Ben-Tabet, s'en fait un
« ennemi irréconciliable. De retour auprès
« du roi Noman son bienfaiteur, Nabéga
« entre un jour par mégarde dans la tente
« où Modjarra, la plus chère des odalisques
« de Noman, se baignait; il est si enchanté

« de cette vue qu'il compose sur ses char-
« mes secrets des vers sublimes.

« Il a l'imprudence plus tard de les réciter
« à Hassan-Ben-Tabet; celui-ci sous prétexte
« de les mieux admirer se les fait répé-
« ter, et va le dire à Noman. Le roi veut
« faire périr Nabéga; mais celui-ci averti à
« temps, s'est enfui à la cour de Gasan en
« Syrie. L'envieux Hassan est en faveur.

« Un jour des marchands d'esclaves cir-
« cassiennes passent à Gasan. Nabéga re-
« marque Zehra l'une d'elles, d'une beauté
« incomparable. Sûr que le roi Noman
« l'achetera, il compose des vers fort tou-
« chans qu'il fait apprendre à Zehra.

« En effet, celle-ci étant avec son nou-
« veau maître, le roi Noman lui chante
« ces vers mélodieux; le roi en est si charmé,

« qu'il s'écrie qu'il n'y a que Nabéga capa-
« ble de produire une aussi belle poésie.
« Zehra lui avoue la vérité, et Nabéga est
« rappelé et comblé de plus de biens qu'au-
« paravant.

« Treizième tableau. — Néron OEnobarbus,
« ou l'empoisonnement de Claude , chroni-
« que romaine. — L'an 54 de J. C.

« Mœurs des Romains sous l'empire; dé-
« sordres de la jeunesse de Néron. Claude
« l'adopte. Grande fête pour l'ouverture du
« lac Fucin. Naumachie où dix-huit mille
« gladiateurs combattent. Toilette d'Agrip-
« pine, d'après ce que Ovide, Juvénal,
« Tibulle, Perse, nous apprennent du luxe
« des Romaines. Dîner sur le lac. Incidens,
« mécontentement de Claude contre l'im-

« pératrice. Celle-ci médite de l'empoison-
« ner et de faire reconnaître Néron par
« l'armée. Description d'un grand banquet
« impérial, d'après Pétrone. Bons mots de
« Claude, conservés par Suétone. L'esclave
« Halotus apporte les morrines empoison-
« nées. Le médecin Xénophon est appelé;
« mais, d'accord avec Agrippine, au lieu
« d'un vomitif, c'est un poison nouveau qu'il
« donne à l'empereur. Les gardes préto-
« riennes sont convoquées devant le palais;
« les partisans de Néron l'emportent sur
« ceux de Britannicus, et tous crient : *Ave*
« *Cæsar!* en baissant leurs aigles.

« QUATORZIÈME TABLEAU. — HILDE-RICK
« (Childeric) CHRONIQUE FRANKE. — L'an 464
« de J. C.

« Les Saliens, chefs de la cour ou salle

« des rois Francs, élèvent sur le pavois
« Childeric, suivant les récits de Frédé-
« gaire et de Grégoire de Tours ; ils le
« déclarent le plus vaillant des Mère-Wihgs.
« Mais ce prince, adonné aux femmes,
« séduit les épouses de ses anthrustions.
« Ils le chassent du trône, et y placent le
« Gaulois Egidius.

« Childeric se retire en Thuringe, chez
« Basin, qui se mariait le jour de son arri-
« vée. Détails de la vie privée des Barbares
« d'après Sidonius Apollinaris. Basine de-
« vient amoureuse de Childeric. *Au mois des*
« *foins*, le roi frank reçoit d'un affidé la
« moitié d'une pièce d'or à laquelle s'adapte
« une autre moitié qu'il a conservée. C'est
« un signe convenu pour lui annoncer le
« moment propice pour le retour. Egidius

« combattait dans la Gaule méridionale;
« Childeric se présente aux Franks; il est
« accueilli. Egidius revient pour le combat-
« tre; il est vaincu. Détails militaires. Ba-
« sine revient joindre Childeric qui l'épouse.

« QUINZIÈME TABLEAU. — KARLL-MARTEL, OU
« LA DÉFAITE DES SARRASINS, CHRONIQUE FRANKE.
« — L'an 733 de J. C.

« Sans cette victoire de Charles Martel,
« l'Europe serait musulmane. Le fils de
« Pepin, maire du palais, conduit l'armée
« des Franks contre Abd-Errahman, prince
« ommiade des Arabes d'Espagne. Ordre,
« marche, discipline militaire des Francks.
« Ods, duc d'Aquitaine, fait alliance avec
« Karll, dans l'église de St-Martin, à Tours,
« en communiant avec lui.

« On atteint les Musulmans près de Poi-
« tiers. Description d'une armée sarrasine.
« Grand nombre de captives gothes et fran-
« kes sont emmenées par les Arabes. Charles
« Martel craignant qu'en cas de défaite ils
« ne les massacrent, veut traiter de leur
« rançon, et pour cela il envoie à Abd-
« Errahman, un de ses officiers, Sighe-
« Berth.

« Magnificence de l'émir. Il refuse les
« propositions de Karll. Le lendemain, com-
« bat; tactique des deux systèmes militaires
« frank et sarrasin. Grande victoire de
« Karll qui reçoit le surnom de Martel.

« SEIZIÈME TABLEAU.—DJAFFAR LE BARMÉKIDE;
« OU LE VISIR DE BAGDAD; CHRONIQUE ARABE. —
« L'an 799 de J. C., LE 183ᵉ DE L'HÉGIRE.

« Les Arabes eurent aussi une civilisa-

« tion. L'aventure de Djaffar le barmékide ,
« nous reporte aux jours de grandeur du Ka-
« lifat. Ici nous avons des auteurs contem-
« porains pour nous guider, Fakker-Eddim
« surnommé Razi, Aboul-Féda, El-Macin ,
« Bouletshah-Samarkandi et autres.

« Cour de Bagdad. Vie diplomatique de
« Djaffar, de Fadl, d'Yahyah , ministres
« d'Aroun-al-Raschid. Il donne sa sœur à
« Djaffar, en mariage, mais à condition
« qu'il ne prendra avec elle aucune des pri-
« vautés conjugales , singularité attestée par
« l'historien Fakker-Eddim. Le kalife part
« pour le pélerinage de la Mekke. Djaffar
« demeuré seul avec Abassa, son épouse
« s'attendrit , s'enflamme en lisant avec elle
« le recueil des vers érotiques d'Omar-ben-
« Faredh. Abassa devient enceinte.

« Aroun-al-Raschid de retour de la Caaba
« au mois de Rebi, apprend la désobéissance
« de sa sœur; il envoie l'eunuque Mesrour
« avec ordre d'apporter la tête de Djaffar.
« Celui-ci se rend par delà le Tigre au palais
« du visir; il lui signifie la volonté du kalife.
« Djaffar demande à faire son testament.
« Mesrour le conduit ensuite dans une tente;
« il en sort avec la tête de Djaffar sur un
« bouclier qu'il porte au kalife. Désolations
« de ceux à qui le visir avait fait du bien.
« Ordonnance d'Aroun contre eux. Réponse
« d'un poète qui, malgré la défense du kalife
« avait fait des vers à la louange de Djaffar.

« DIX-SEPTIÈME TABLEAU. — HAROLD AUX LONGS
« CHEVEUX, CHRONIQUE DANOISE. — L'an 981
« de J. C.

« Une foule d'archéologues danois, sué-

« dois, saxons, islandais, vers les 15ᵉ et 16ᵉ
« siècles, Burœus, Rudbékius, Résénius,
« Hickésius, Wormius, exhumèrent tout ce
« qu'ils purent trouver de la poésie runi-
« que. Mais leurs ouvrages écrits en latin,
« et qui aujourd'hui comparés avec les li-
« vres samskrits apportés par les Anglais de
« l'Inde, et avec les légendes hiéroglyphi-
« ques expliquées par M. Champollion en
« Egypte, pourraient nous aider à répandre
« des lumières sur la grande famille des
« hommes, gisent poudreux dans nos bi-
« bliothèques.

« Nous avons rassemblé dans cette chro-
« nique, ce que ces auteurs et principale-
« ment Snorre Sturleson, restaurateur de
« l'edda et de nombre de sagas ou poésies
« erses, nous ont fourni de particulier aux

« hommes du Nord. Aslauga, bergère du
« Juthland, voit arriver la flotte d'Harold
« aux longs cheveux ; c'est un prince le plus
« illustre des pirates, profession glorieuse
« alors. Ils descendent sur la grève, se li-
« vrent aux joies du festin ; le skalde en-
« tonne l'hymne de victoire. Des pirates
« amènent à leur chef, Aslauga. Conversa-
« tion en vers improvisés, d'après l'habi-
« tude des Scandinaves. Aslauga n'épousera
« le prince qu'au retour de l'expédition
« pour laquelle il s'est mis en mer.

« Au bout d'un mois, il revient avec ses
« vaisseaux. Il trouve le rivage couvert des
« tentes de ce chef guerrier dont parle Bior-
« ner dans son Nordiska Kampédatar ; il
« l'attaque, le tue ; cérémonies funèbres ;
« chants guerriers en l'honneur du mort,

« conservés par l'historien Torfœus. Ma-
« riage d'Harold et d'Aslauga, départ de la
« flotte des pirates.

« TABLEAU DES MOEURS ET DES IDÉES DE L'EM-
« PIRE ROMAIN, DEPUIS LE COMMENCEMENT DU
« DEUXIÈME SIÈCLE, JUSQU'A LA CHUTE DE L'EMPIRE
« D'OCCIDENT (100 — 476), D'APRÈS DES DOCU-
« MENS JUSQU'ICI NÉGLIGÉS. — PAR M. RICARD [1].

« Quand nous aurons assisté avec M.
« Scipion Marin au tableau des diverses ci-

[1] Ancien élève de l'Ecole normale, professeur de philosophie.

« vilisations, M. Ricard nour fera assister
« au spectacle de la société romaine s'étei-
« gnant pour faire place à la civilisation
« chrétienne. Il nous donnera l'histoire de
« l'ancien monde, du monde sur les ruines
« duquel le christianisme s'est élevé, et le
« drame animé de la lutte des idées nouvel-
« les que le christianisme apporta, contre
« l'esprit de la société antique. Solennel
« spectacle! grande époque! où quarante
« siècles en s'écroulant, écrasaient sous leurs
« débris, les hommes de foi qui osaient les
« ébranler, et où tous les jours il sortait de
« nouveaux athlètes des rangs pour aller les
« secouer sur leurs bases, — où quatre mille
« dieux se retiraient devant un seul Dieu,
« — où le capitole faisait place au vatican,
« — où la lutte était partout d'idées à idées,

de mœurs à mœurs, — entre le père et la
fille, entre le fils et la mère; — où la société s'était divisée en deux parts achar-
nées l'une contre l'autre, — où pendant
que la vieille société cherchait à extermi-
ner dans le sang l'esprit nouveau, la jeune
société donnait moralement le coup de
grace à la société antique.

Aux histoires générales, à ces tableaux
en grand d'une société qui a vécu, succé-
deront des histoires plus locales.

Alors, les principales villes du Midi
passeront tour à tour devant nous:

Toulon, vieille de deux mille ans, champ
de bataille où se heurtent pendant quatre
siècles, les Liguriens, les Étruriens, les
Francs et les Celtes, ravagée sept fois en
quatre cents ans; — rebâtie, après que

deux siècles ont passé sur ses débris, par les Phocéens, reprise aux Phocéens par les Gaulois, aux Gaulois par les Romains, aux Romains par les Francs ; — réoccupée par les lieutenans de Galba, trois fois détruite après cette nouvelle occupation, par les Goths, les Saxons et les Vandales, — réédifiée par Clovis, de nouveau saccagée par les Goths, — détruite par Charles Martel en 765, repeuplée en 802 par Charlemagne, — ruinée en 1152 par les Tunisiens, relevée par Raymond, ruinée une seconde fois par les Sarrasins, — Menacée par Charles-Quint en 1536, défendue contre lui par une armée turque et Hariadan-Barbe-Rousse ; — Toulon, ville de toutes les vicissitudes, cité qui n'arrive à travers les âges jusqu'à notre époque, qu'après avoir subi sacs sur sacs, qu'après qu'une foule de nations diverses se la sont successivement arrachée, et l'ont l'une après l'autre, mise en pièces. ——

Marseille, jetée un jour sur la côte par des enfans de Phocée, et qui étend bientôt ses possessions sur tout le littoral de la Gaule méditerranéenne, — voyageuse infatigable accourant partout où il y a des échanges à faire, des produits à exporter ou à importer, de l'or à donner ou à recevoir, — tirant rarement l'épée du fourreau, mais suivant, dans leur cours, les victoires de la grande envahisseuse de nations et de peuples; arrivant dans les villes toutes saignantes encore des armes romaines, venant y verser les trésors de son industrie : — répandant partout sur son passage des habitudes d'aisance et de luxe, se mettant en communion et en contact par son commerce avec toutes sortes de peuples, et remplissant ainsi constamment une haute mission de civilisation.

Alger, dont la vie, dont l'histoire est une longue et lamentable tragédie de révoltes triomphantes ou étouffées dans le sang, de deys assassinés, et de têtes coupées; — Alger la barbaresque, nid de pirates et de forbans, bagne séculaire de chrétiens esclaves; — Alger, cosmopolite aujourd'hui, donnée par un coup d'éventail à la France, et refoulant peu à peu dans l'intérieur des terres, la barbarie qui la presse encore de toutes parts.

MÉMOIRES , SOUVENIRS , AVENTURES ET VOYAGES DANS LES DEUX HÉMISPHÈRES, par M. LE VICOMTE D'ARGIES [1].

Nous aurons aussi des relations de voyages, et M. le vicomte d'Argies nous

[1] Ancien capitaine des vaisseaux du roi, ayant navigué pendant trente-cinq ans dans les mers du Sud, de l'Inde, etc.

donnera ses souvenirs et ses mémoires, il nous dira ses longues navigations se déroulant comme une aventureuse odyssée à travers une mosaïque de peuples, de mœurs et de langages,— son navire poussé un jour sous le tropique, un autre jour sous l'équateur; parcourant tantôt les côtes de Barbarie, tantôt les îles d'Afrique; le portant tour à tour dans les deux Amériques, les Indes, la Palestine.

Et comme il a beaucoup vu, qu'il a beaucoup entendu, et qu'il s'est beaucoup souvenu, chemin fesant, il nous reproduira des inscriptions arabes, grecques, indiennes, calquées sur les lieux, — des chants notés par lui de peuplades, hordes et tribus nomades,—- des vues prises dans les principaux endroits qu'il a parcourus.

Puis arrivera la partie de ses souvenirs et ce ne sera pas la moins intéressante. Ayant fait barre de 93 à 1830, vu et traversé deux révolutions, M. d'Argies nous donnera des détails curieux et inédits sur l'ancien état de la France. Il nous tracera à grands traits l'histoire de nos flottes et de notre marine française, et nous dira tous ces combats de mer, tous ces grands désastres maritimes dont l'influence a pesé si péniblement sur les destinées de l'Europe.

Condisciple de Jérôme Bonaparte, ayant rencontré dans ses courses, feu la reine Caroline d'Angleterre, miss Patterson, lady Stanhope, il nous donnera dans la série de ses récits, de curieuses particularités sur ces femmes dont s'est tant occupée la presse contemporaine.

POÉSIES DU MIDI. — POÉSIES NOIRES. — LE LAZZARONE, roman napolitain. — AU VENT DE LA BOUÉE, roman maritime. — LES AVENTURES D'ULADISLAS.

La Bibliothèque méridionale aura ses li-

vres de poésies, ses traductions et ses romans; — ses romans études d'histoire, de
passions ou de mœurs, quelquefois tout
cela ensemble. —

LE LAZZARONE, dans lequel l'auteur a cher-
ché à prototyper en un seul homme, toute
cette caste de napolitains, avec son histoire,
ses mœurs et ses passions, —

AU VENT DE LA BOUÉE, bonne plaisanterie
de matelots qui ont touché le montant de
trois ans de navigation, et s'en vont faire
les messieurs à Paris, —

Malgré que la poésie n'offre l'intérêt ni
du roman ni du drame, nous pensons que
nos lecteurs ne seront pas cependant fâchés
d'en recevoir un volume de loin en loin.

La poésie est une vieille connaissance un
peu négligée aujourd'hui, mais que l'on
aime quelquefois à revoir.

Nous donnerons donc à nos lecteurs les POÉSIES DU MIDI, tableaux de ciels, mers, souvenirs et paysages méridionaux, et les POÉSIES NOIRES.

En première ligne des traductions, nous publierons les AVENTURES D'ULADISLAS, sorte de Télémaque portugais, dont la pensée ne le cède en rien à celle du Télémaque de Fénélon, en ce sens que si ce dernier a été écrit pour un roi, le premier a été écrit pour un peuple.

Voilà ce que nous promettons, voilà
ce que nous nous engageons à faire. Mais,
nous ne remplirions qu'une moitié de notre
tâche, si nous ne donnions pas à notre
Bibliothèque une spécialité méridionale,
si nous ne l'employions pas à faire connaître le Midi.

Nous prions donc MM. les propriétaires
grands-terriens, MM. les commerçans et
les manufacturiers qui auraient des ob-
servations intéressant le Midi, de vouloir
bien nous les faire connaître. Nous les
publierons sous le titre de : industrie
agricole, commerciale et manufacturière
du Midi de la France.

Nous nous occuperons aussi de l'état de l'enseignement, de l'état de l'art dans le Midi, et livrerons volontiers à la publicité les communications qu'à cet égard on voudra bien nous faire.

Nous suivrons enfin, attentivement le mouvement de l'opinion dans le Midi et détacherons tous les trois mois quelques feuilles de nos livraisons pour reproduire en un volume les articles les plus remarquables, que les journaux du Midi auront publiés sur les diverses questions politiques.

C'est ainsi que nous ramasserons en un faisceau tout ce qui se produit dans le Midi, que nous serons véritablement une Bibliothèque méridionale.

FIN DU PROSCENIUM.

CONDITIONS DE LA SOUSCRIPTION.

La Bibliothèque méridionale paraîtra en même temps à Paris et à Toulon, —

Il sera publié tous les mois deux volumes in-8°, édition de luxe, caractères élégans de la fonderie de Firmin Didot, au prix de 1 fr. le volume pour Toulon, et ailleurs, franc de port, 1 fr. 50 c.

En fesant retirer ses exemplaires chez les libraires dépositaires, on ne paiera que 1 fr. 25 c.

Chaque volume sera composé de 10 feuilles d'impression, ou soit 160 pages de texte accompagnées de gravures, vignettes, etc.

Tous les volumes seront paginés de manière à ce que les deux puissent être reliés ensemble et former un fort volume in-8.

Les 500 premiers abonnés de la BIBLIOTHÈQUE MÉRIDIONALE, jouiront du titre d'ABONNÉS-FONDATEURS. Leurs noms seront inscrits sur la couverture des livres. Une médaille de bronze portant à l'exergue BIBLIOTHÈQUE MÉRIDIONALE et au revers ABONNÉ-FONDATEUR, leur sera envoyée dans le courant de la première année.

On souscrit sans rien payer d'avance, à Paris, chez M. Belin-Mandar, libraire, éditeur du Dictionnaire de la conversation et de la lecture, rue St-André-des-Arts, n° 55, —

A Toulon sur-mer, au Bureau central de l'entreprise, chez M. Isnard, libraire-éditeur de la Bibliothèque méridionale, rue de l'Arsenal, n° 13.

Et chez tous les libraires de France et de l'étranger.

A dater du 31 mars, il ne sera plus reçu de nouveaux souscripteurs qu'au prix de 4 fr. par mois.